RONDA

Text: José Manuel Real Pascual

Fotos, Satz und Reproduktion:
gesamte Planung und Ausführung durch das Fachpersonal des Verlages
EDITORIAL ESCUDO DE ORO, S.A.

1. Ausgabe, Januar 1995

I.S.B.N. 84-378-1684-X

Dep. Legal B. 4956-1995

Rondas Häuser hängen hoch über der Tajo-Schlucht.

RONDA IM SCHATTEN SEINER GESCHICHTE

Zunächst einmal ist es Rondas Lage, die Einmaligkeit seiner Umgebung, die den Besucher gefangen nehmen - noch vor all den beeindruckenden Sehenswürdigkeiten, seiner so wechselhaften Geschichte und dem Charme seiner kleinstädtischen Atmosphäre. 750 m über dem Meer erhebt sich der Ort auf einem Bergkamm, der von der Tajo-Schlucht abrupt in zwei Hälften zersägt wird. Häuser und Gärten hängen über diesen vom Guadalevín durchflossenen Abgrund, der sich - 100 m tief und stellenweise bis zu 50 m breit - über einen halben Kilometer dahinzieht. Auch in Rondas Geschichte kam

Die Neue Brücke aus dem 18. Jahrhundert.

Blick auf Stadtmauern und Tore.

dieser Schlucht eine entscheidende Rolle zu, war sie doch zum einen eine ganz natürliche Barriere für das Wachstums der Stadt, zum anderen aber auch ein äußerst wirksames Mittel zu deren Verteidigung. Ronda liegt so im Schutze steil aufragender Felswände, die in der Alameda, dem höchsten Bereich der Stadt, über 200 m erreichen. Nur vom Süden her macht die Natur den Zugang leichter, und so mußten denn auch die verschiedenen Zivilisationen gerade hier entsprechende Befestigungsanlagen errichten, um den natürlichen Schutzwall von Menschenhand zu vervollständigen.

Andererseits kann Rondas Bedeutung aber auch nur im Zusammenhang mit seiner Lage innerhalb des die Stadt umgebenden Berglands verstanden werden, denn in der Tat ist sein Einfluß auf die umliegenden Gemeinden erheblich. Es war diese Serranía, die dem Ort seine Daseinsberechtigung gab, die Ronda in eine relative historische Abgeschiedenheit einbettete, aufgrund derer es im Lauf seiner Geschichte zum Schauplatz der fesselndsten Episoden werden konnte - man denke nur an die Aufstände der Morisken oder das sagenumwobene Banditenwesen. Ronda ist aber auch in bezug auf Wirtschaft, Verwaltung, Finanzwesen und Freizeit Mittelpunkt der gesamten Serranía. Drei Landstraßen dringen in seine Abgeschiedenheit vor: die C-341, die im Nordosten nach Campillos, im Südwesten

Blick auf die Stadtmauern mit der Puerta de la Exijara.

Iglesia del Espíritu Santo, die von den katholischen Königen errichtete Heilig-Geist-Kirche.

nach Algeciras führt, die C-344 nach El Burgo und Málaga und die C-339, die sich über San Pedro de Alcántara bis hinab an die Costa del Sol zieht. Je nach Reiseroute beträgt die Entfernung nach Málaga etwa 100 km. Ronda selbst unterteilt sich in drei klar voneinander abgegrenzte Stadtviertel, mit denen es, insgesamt gesehen, auf über 30.000 Einwohner kommt. Im Norden erstreckt sich so, die Tajo-Schlucht überspringend, El Mercadillo. Im Süden, gleich hinter der Puerta de Almocábar, liegt das Barrio de San Francisco. Und zwischen beiden finden wir La Ciudad,

Puerta de Carlos V. Ein Renaissance-Bau aus dem 16. Jahrhundert.

Chorgestühl der Kirche aus dem 18. Jahrhundert.

Wunderschöner Ausblick auf die Kirche Santa María la Mayor an der Plaza de la Duquesa de Parcent.

Innenraum der Kirche Santa María la Mayor.

Innenraum der Kirche Santa María la Mayor.

Das Turmhäuschen am Hauptwerk. ▷

den eigentlichen Stadtkern, der sich als solcher aufgrund der von der Natur gegebenen Verteidigungsmöglichkeiten und der von Menschenhand errichteten Schutzwällen entwickeln konnte.

In diesem Viertel atmet jede Straße, jedes Baudenkmal den Hauch der vergangenen Jahrhunderte, das Kommen und Gehen der verschiedensten Kulturen. Eine Verbindung zum jenseits des Tajo gelegenen El Mercadillo war bis ins 18. Jahrhundert praktisch nicht gegeben; erst die sogenannte Neue Brücke schaffte hier Abhilfe.

Strukturmäßig zeigt La Ciudad eine unverkennbar maurische Anlage mit engen Straßen und Gassen, die sich ohne jede Ordnung die steilen An-

höhen hinaufschlängeln. Gerade aus arabischer Zeit, aber nicht nur aus dieser, befinden sich in diesem Bereich der Stadt die vielfältigsten Zeugnisse. Machen wir also einen kurzen Rundgang durch dieses architektonische Schmuckkästchen, bei dem die Mauern und Tore der Stadt unser Ausgangspunkt sein sollen.

Fast alles, was von der einstigen Befestigungsanlage heute noch zu sehen ist, entstammt den verschiedensten Wiederaufbau- und Restaurationsprojekten. Ihrem Ursprung nach geht sie im wesentlichen auf die Zeit der Araber zurück, obwohl auch frühere und spätere Teilbereiche bekannt sind.

In ihrem westlichen Abschnitt um

Innenraum des Palacio de Mondragón, heute Sitz des Stadtmuseums.

Innenhof im Palacio de Mondragón.

das ehemalige Stadttor der Puerta del Cristo sind die Mauern weitgehend zerfallen. Im südlichen Teil hingegen wurden die Festungswälle und die beiden Stadttore - Puerta de Almocábar und Puerta de Carlos V - wieder voll restauriert. Die Ostflanke war einst durch eine doppelte Mauer geschützt, zwischen die sich damals die arabische Altstadt zwängte. Von der unteren Mauer mit ihren einstigen Wachtürmen ist wenig geblieben; besser erhalten ist die obere mit den ehemaligen Stadttoren Puerta del Puente, Puerta de Exijara und Puerta de las Imágenes. Im östlichen Bereich des Barrio de la Ciudad stoßen wir, nicht weit von der Arabischen Brücke, auf den Arco

de Felipe V, von dem sich uns ein wunderschöner Ausblick auf die umliegende Stadt eröffnet. Dieser im neuklassischen Stil gehaltene Torbogen entstand 1742 unter der Herrschaft des Bourbonenkönigs Philipp V., an den eine entsprechende Gedenktafel erinnert. Unmittelbar neben diesem Tor befindet sich ein großer, abgewetzter Steinquader, der im Volksmund als Mohrensessel - Sillón del Moro - bekannt ist. An seiner Stelle erhob sich in der Vergangenheit die Puerta del Puente oder Puerta de Axarquía. Die Puerta de Exijara durchbricht den östlichen Mauerbereich, gleich hinter dem San-Sebastián-Minarett. Sie war einst Zugang zum Juden-

Hauptfassade des Palacio de Mondragón.

San-Sebastián-Minarett.

Nuestra Señora de la Paz, Rondas Schutzpatronin.

Iglesia de la Merced, eine Kirche aus dem 17. Jahrhundert.

Arabische Brücke.

viertel. Und unweit der Iglesia del Espíritu Santo befand sich hier noch ein weiteres Tor: die Puerta de las Imágenes.

Die Puerta de Almocábar ist Teil der Mauer, die zwischen dem Barrio de San Francisco und dem Barrio de la Ciudad verläuft. Dieses Stadttor ist heute vollständig restauriert und bietet sich uns in seiner ursprünglichen Gestalt dar: zwei halbrunde Wachtürme, die drei arabische Hufeisenbögen flankieren. Das Tor stammt aus dem 13. Jahrhundert, und sein Name geht auf das arabische Wort al-maqabir zurück, das soviel wie Friedhof bedeutet.

Neben der Puerta de Almocábar entstand im 16. Jahrhundert die Puerta de Carlos V, ein prächtiges Bauwerk aus der Renaissance, das das Wappen der spanischen Habsburger trägt.

Am Westhang, etwas außerhalb der Stadt, erhebt sich die aus arabischer Zeit stammende Puerta del Cristo oder Puerta de los Molinos. Weder dieses Tor noch die sich anschließenden Mauern sind bislang restauriert worden; die schönen Hufeisenbögen und das sie verbindende Tonnengewölbe jedoch sind noch gut zu erkennen. Vom Campillo aus ergibt sich übrigens ein guter Überblick über die gesamte Anlage. Unweit der Puerta de Almocábar erhebt sich die Iglesia del Espíritu Santo. Sie entstand an der Stelle eines früheren achteckigen Turms als Teil der arabischen Befestigungs-

Innenraum der Arabischen Bäder.

anlage, der während der Belagerung der Stadt durch die christlichen Truppen zerstört wurde. Dieses wuchtige, streng und einfach gehaltene Gotteshaus tritt uns im allgemeinen Stadtbild immer wieder entgegen. Sein Bau konnte 1505 zum Abschluß gebracht werden, wobei der im Namen der Kirche zum Ausdruck kommende Bezug zum heiligen Geist wohl auf die Tatsache zurückgeht, daß sich die Stadt dem spanischen König gerade in der Pfingstzeit ergab. Es handelt sich um einen einschiffigen Sakralbau mit imposanten Strebepfeilern und einem sich unter einem Halbkreisbogen öffnenden Portal, über dem ein zweibogiges Fenster erscheint.

Der mit einem Chor ausgestattete

Kolonnaden an der Tajo-Schlucht.

Die Ermita de Santa Cruz oder Gerber-Kapelle zwischen den Arabischen Bädern und der Arabischen Brücke.

Ronda und die umliegende Berglandschaft.

Innenraum zeichnet sich gleichermaßen durch gotische Bauformen wie Elemente aus der Renaissance aus. Ein im spanischen Schnörkelbarock gehaltener Hochaltar kreist bildhaft um die Pfingstszene und die Figur der Virgen de las Angustias und wird in seinem oberen Bereich durch das Wappen der spanischen Habsburger abgeschlossen. Auch der Kirchenraum selbst zeigt einige wunderschöne Gemälde, darunter eine Epiphanie und eine Auferstehung Christi.

Im obersten Bereich des Barrio de la Ciudad liegt die Plaza de la Duquesa de Parcent, die von einer ganzen Reihe interessanter Gebäude gesäumt wird. Einst Exerzierfeld und später dann «Plaza Mayor», war diese heute in einen kleinen Park umgestaltete Esplanade immer wieder Schauplatz der verschiedensten öffentlichen Veranstaltungen. Inmitten einer üppigen Blumenpracht stoßen wir hier auf eine Büste von Vicente Espinel (1550-1624), einem der großen Söhne der Stadt. Von außerordentlicher Vielseitigkeit (er war Dichter, Schriftsteller, Soldat, Priester und Lehrer) galt Espinel in seiner Zeit als eine der großen Autoritäten auf dem Gebiet der klassischen Sprachen. Er schuf unter anderem die Strophenform der Dezime, die in der spanischen Dichtung ihm zu Ehren

Die von Martín de Aldehuela gebaut Neue Brücke übe die Tajo-Schlucht

Stierkampfarena der Real Maestranza. (Seiten 24/25).

Aussichtserker auf der Neuen Brücke.

auch «Espinela» genannt wird. Sein bekanntestes literarisches Werk ist der Schelmenroman «Vida del escudero Marcos de Obregón». Und auch im Bereich der Musik tat er sich hervor, indem er auf der Gitarre die fünfte Saite einführte und dem Instrument so eine viel größere Beliebtheit verschaffte.

Im nördlichen Abschnitt der Esplanade erhebt sich die Kirche Santa María la Mayor, eines der Wahrzeichen der Stadt. Dieses Gotteshaus entstand einst an der Stelle, an der sich in arabischer Zeit die große Moschee aus dem 13. und 14. Jahrhundert befand. Nach der Eroberung der Stadt durch die katholi-

Arabische Brücke am Eingang zur Tajo-Schlucht.

Handwerksladen.

Puerta del Picadero.

Stierkampfarena der Real Maestranza.

schen Könige wurde der islamische Gebetsraum zu einer christlichen Kirche umgestaltet und der Santa María de la Encarnación geweiht. Im heutigen Glockenturm sind noch Reste des einstigen Mihrabs zu sehen, wobei besonders der arabische Hufeisenbogen als Zugang zu dieser nach Mekka weisenden Gebetsnische herauszustellen ist.

Der Kirchenbau ging seinerzeit nur sehr langsam vonstatten und erstreckte sich auf zeitlich sehr unterschiedliche Abschnitte. Obwohl die Arbeiten bereits Ende des 15. Jahrhunderts aufgenommen wurden, kamen sie erst im 18. Jahrhundert endgültig zum Abschluß, und so zeichnet sich dieses Bauwerk heute auch durch die verschiedensten Stil-

elemente aus, die hier in einer harmonischen Einheit zusammenfließen. Hauptgrund für diese ungewöhnlich lange Bauzeit war ein Erdbeben, in dessen Folge man sich unter Einbeziehung bereits bestehender Baueinheiten zu einer beträchtlichen Erweiterung der ursprünglichen Anlage entschloß. Der älteste Teil der Kirche entspricht dem in gotischem Stil gehaltenen Apsisbereich.

Der Kirchenraum untergliedert sich in drei Längsschiffe, die optisch durch entsprechende Bogenreihen voneinander getrennt sind. Das ursprüngliche Holzdach wurde im 17. Jahrhundert durch ein Tonnengewölbe ersetzt. Die Vierung und das Hauptwerk der Kirche entspre-

Hauptfassade des Palacio del Marqués de Salvatierra.

Palacio del Rey Moro.

chen dem letzten Bauabschnitt. Vor allem das Portal mit seiner monumentalen Renaissance-Architektur erinnert deutlich an die Kathedralen von Málaga und Granada. Typisch hier die von drei halbkreisförmigen Kapellen durchbrochene Baustruktur der Stirnseite, die sich mit jeweils zwei weiteren Vorbauten auch längs der Seitenschiffe wiederholt. Rechts am Hauptwerk befindet sich die Tür zur Sakristei, in der der Domschatz zur Schau gestellt wird. Im Innenraum ist es dann besonders der im Mittelschiff angelegte Chor mit einem reich bemalten Holzgestühl aus dem 18. Jahrhundert, der die Aufmerksamkeit des Besuchers auf sich lenkt. Seitlich hiervon die Orgel. Von außerordent-

licher Schönheit ist der der Virgen de los Dolores geweihte Altar aus dem 18. Jahrhundert mit einem dem spanischen Barockbildhauer Martínez Montáñez zugeschriebenen Bildnis der Schmerzensmutter. Andere künstlerische Höhepunkte des Kirchenraums sind unter anderem ein kleines Holztempelchen aus dem 18. Jahrhundert im Presbyterium, ein Altarbild der Virgen de la Encarnación sowie ein großes, den heiligen Christophorus darstellendes Gemälde.

Das Hauptwerk dieses Kirchenbaus unterteilt sich in drei klar voneinander abgesetzte Bereiche. Rechts eine schöne, von fünf Halbkreisbögen dargestellte Galerie, auf die zwei weitere, mit Säulen und Balko-

◁ *Iglesia del Espíritu Santo.*

Blick auf die Alameda.

nen ausgestattete Stockwerke folgen. Von hier oben aus wohnten die Obrigkeiten der Stadt einst den öffentlichen Veranstaltungen bei, die sich auf der vor der Kirche liegenden Plaza Mayor abspielten. Im Zentrum der Fassade erhebt sich der Glokkenturm. Zunächst rechteckig, geht er in seinem oberen Bereich in ein Achteck über, und hier befinden sich dann auch die Kirchenuhr und das im Mudéjar-Stil gehaltene Glockenhaus. Das den Turm abschließende Kuppelgewölbe stammt aus dem 18. Jahrhundert. Der linke Teil des Hauptwerks schließlich wird vom Turmhäuschen eingenommen.

An der Plaza de la Duquesa de Parcent erheben sich jedoch noch weitere sehenswerte Gebäude. Dort etwa, wo heute die Schule der Salesianer steht, befand sich in vergangenen Zeiten die arabische Festung, die ihrerseits wieder anstelle des noch früher entstandenen Castillo del Laurel der Römer gebaut wurde. Ferner findet sich hier das Rathaus der Stadt, dessen reich mit Bogenwerk ausgeschmückte Fassade jedem Besucher sofort ins Auge fällt. Und schließlich sei noch auf das Klarissenkloster und den Convento de la Caridad hingewiesen, mit denen unser Rundgang über diesen schönen Platz seinen Abschluß findet.

Bei Rondas weltlichen Bauten muß an erster Stelle wohl auf den beeindruckenden Palacio de Mondragón hingewiesen werden. Dieser Palast befindet sich im westlichsten Teil des Barrio de la Ciudad und wurde vom arabischen König Abomelik im Jahr 1314 erbaut. Hier residierte einst auch Hamet el Zegrí, der letzte islamische Herrscher der Stadt, nach dessen Vertreibung durch die christlichen Truppen der Palast zunächst von Melchor de Mondragón und später dann von Fernando de Valenzuela, einem Minister des spanischen Königs Karl II., in Besitz genommen wurde. In der Zeit zwischen 1485 und 1501 wohnte hier auch Ferdinand der Katholische. Nach einer erst in jüngster Zeit erfolgten vollständigen Restaurierung dient der Palacio de Mondragón heute als Stadtmuseum.

Aufgrund seiner bewegten Vergangenheit ist dieser Palast ein Kompendium der verschiedensten Baustile. Aus arabischer Zeit ist mit Ausnahme der Fundamente und der Anlage als solchen nichts geblieben. Die ältesten, im typischen Mudéjar-Stil gehaltenen Bereiche sind der Garten und die verschiedenen Innenhöfe. Am Eingang stößt man auf eine alte Steinbank, die früher offensichtlich den Zugang zu den Stallungen erleichterte. Im Inneren des Palastes ist besonders auf die schöne Kassettendecke im Großen Salon und auf die reiche Stuckverzierung zu verweisen. Die Hauptfassade wird von zwei Mudéjar-Türmen mit Walmdach und zwei kleinen Bögen flankiert. Das Portal mit seinen dorischen Säulen stammt aus der Zeit des Barocks. Über dem Torbereich eröffnet sich eine weite Loggia, die von einer oben abgerundeten Giebelwand mit dem zentral

Denkmal des aus Ronda stammenden Toreros Pedro Romero in der Alameda.

Typische Kunstschmiedearbeiten aus Ronda.

angeordneten Wappen der Familie Mondragón abgeschlossen wird.

An der Placita de Abul-Beka, am Zusammenfluß der Calle de Armiñán und der Calle del Marqués de Salvatierra, stoßen wir auf das San-Sebastián-Minarett. Dieser schlanke Turm gehörte einst zu einer arabischen Moschee, wurde dann aber nach der Eroberung der Stadt durch die Christen als Glockenturm der San-Sebastián-Kirche zugeordnet, die allerdings im Lauf der Jahrhunderte wieder verschwandt. Der quadratisch angelegte Turm mit seinem schönen Hufeisenbogen unterteilt sich in drei deutlich von einander abgesetzte Bereiche, dung Mode gekleidet sind. Diesem glanzvollen Ereignis wohnte 1985 aus Anlaß des

*Calle Vicente
Espinel.*

*Templete de l
Virgen de lo
Dolores*

*Templete de l
Virgen de los
Dolores.*

*Blick auf die Stadtmauern und die
Iglesia del Espíritu Santo.*

Arco de Felipe V. ▷

bei die beiden ersten noch aus nasridischer Zeit stammen.

Gleich bei der Neuen Brücke befindet sich die Iglesia de la Virgen de la Paz, das der Schutzpatronin von Ronda geweihte Gotteshaus. Diese kleine, einschiffige Kirche entstand im 16. Jahrhundert, obwohl das Bildnis der Gottesmutter der Sage nach bereits kurz nach dem Fall des arabischen Taifa-Reichs nach Ronda kam. Absolute Höhepunkte des Innenraums sind der im spanischen Schnörkelbarock gehaltene Hochaltar und der hinter diesem liegende reich verzierte Schrein der Virgen de la Paz. Zu Füßen der Schutzpatronin befindet sich eine Silberurne mit den sterblichen Überresten von Fray Diego José de Cádiz. Dieser 1801 in Ronda verstorbene Kapuzinermönch wurde 1894 von Papst Leo XIII. selig gesprochen.

Drei Brücken spannen sich über die Tajo-Schlucht. Die erste, älteste und kleinste ist die sogenannte Arabische Brücke in Gestalt eines einfachen Bogens, die heute kaum mehr genutzt wird. Sie befindet sich unmittelbar am Eingang der Schlucht, gleich bei den Arabischen Bädern, und geht trotz ihres Namens im Grunde auf die Römer zurück.

Etwas weiter oben folgt, noch vor der Neuen Brücke, die im Jahr 1616 errichtete Alte Brücke.

Die Arabischen Bäder liegen am

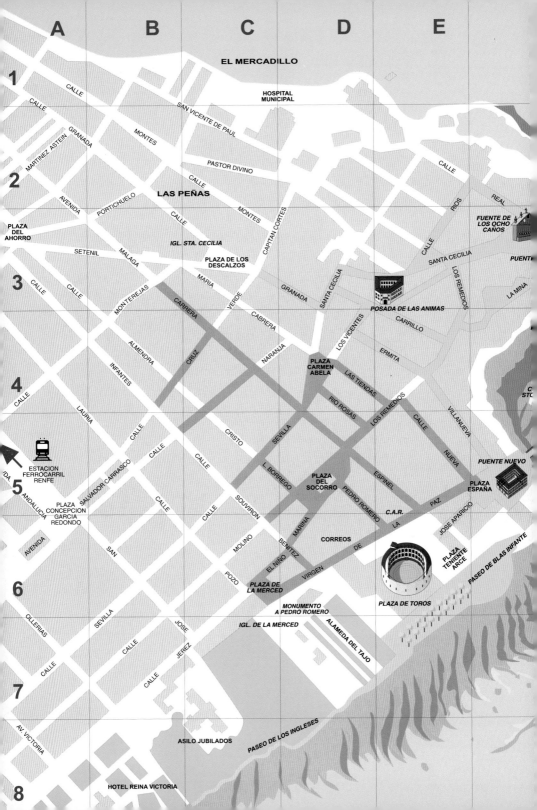

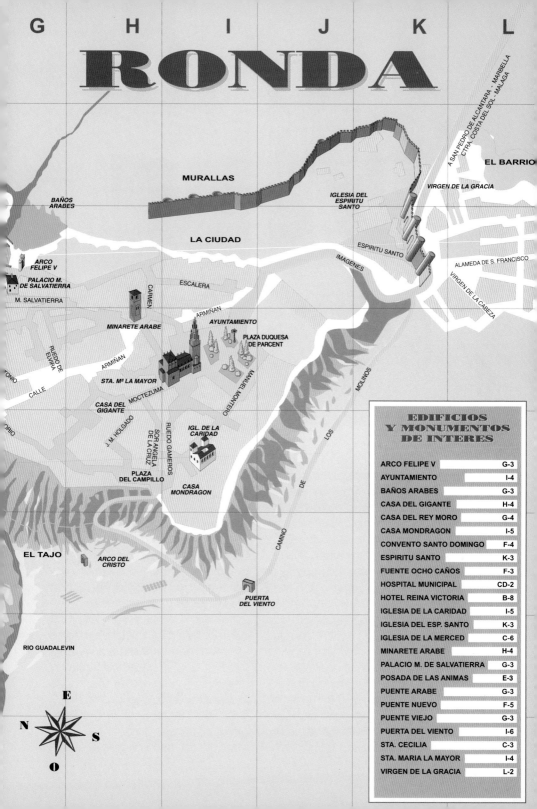

Typischer Straßenzug.   *Handwerksladen.*

woBrücke und der Capilla de Santa Cruz. Die Anlage als solche ist zwar nicht vollständig erhalten geblieben, gilt jedoch trotzdem als eine der schönsten und wichtigsten in ganz Spanien. Gewisse Bereiche wurden in der Vergangenheit restauriert; in anderen sind neue Ausgrabungen vorgesehen. Das vermutlich im 13. und 14. Jahrhundert errichtete Gebäude unterteilt sich in drei unabhängige Hallen. Die mittlere und größte hiervon ist ihrerseits wieder in drei durch eine Reihe von Hufeisenbögen miteinander in Verbindung stehende Teilbereiche untergliedert, über die sich ein weites Tonnengewölbe mit sternförmig ausgeführten Lichtschächten spannt. Die sich anschließenden Seitenhallen sind kleineren Ausmaßes (ihre Breite beträgt in etwa drei Meter), weisen aber das gleiche zentrale Dachgewölbe auf.

Die Neue Brücke über die Tajo-Schlucht ist ohne jeden Zweifel das bekannteste und wohl auch bezeichnendste Bauwerk der Stadt. Sie wurde als Verbindungsweg zwischen dem Barrio de la Ciudad und dem reicheren Barrio del Mercadillo errichtet und entstand zwischen 1751 und 1793 unter der Leitung des Architekten José Martín de Aldehuela. Der Legende nach soll sich dieser in der Schlucht zu Tode gestürzt haben. Tatsächlich weiß man jedoch, daß er Jahre später in

Blick aus der Tajo-Schlucht auf das Guadalevín-Tal.

Málaga verstarb, wo er ebenfalls großartige Bauwerke hinterließ. Bei der Neuen Brücke in Ronda arbeitete Aldehuela mit dem einheimischen Baumeister Díaz Machuca zusammen.

In dieser Neuen Brücke vereinen sich Kraft und Stärke mit äußert schlanken, geradezu klassischen Linien. Durchweg aus Quadersteinen errichtet, erinnert sie entfernt an einen römischen Aquädukt. Grundlage ist ein großer, halbkreisförmiger Bogen, auf dem eine weitere, viel höher ausgeführte Bogenstruktur aufsitzt. Diese wiederum umfaßt in ihrer Mitte einen Wohnraum - heute ein Restaurant, früher ein Gefängnis -, an den sich seitlich jeweils zwei weitere Halbkreisbögen anschließen. Von der Neuen Brücke aus ergibt sich ein wunderschöner Ausblick auf die hoch über der Schlucht hängenden Häuser der Stadt. In gewisser Weise mag man sich an Cuenca erinnert fühlen, mit dem Ronda übrigens auch verschwistert ist.

Kurz nach der Neuen Brücke stößt man, nun bereits im Barrio del Mercadillo, auf eines der bedeutendsten Bauwerke der Stadt: die Stierkampfarena der Real Maestranza. Aufgrund ihrer architektonischen Gestaltung und ihrer Geschichte ist sie auf der ganzen Welt bekannt, und seit 1954 geben sich hier bei den berühmten

Kunsthandw

Blick auf die A
sta

Häuser hoch i
der Tajo-Schlu

Fuente de los Ocho Caños.

junger Adliger. In diesem Sinne konnte sie auch tatsächlich glanzvolle historische Erfolge verzeichnen, so etwa bei der Ausrichtung eines Bataillons, das im spanischen Unabhängigkeitskrieg gegen die französischen Besatzer kämpfte. Schutzpatronin der Real Maestranza ist die Virgen de Gracia, der eine Kapelle im Barrio de San Francisco geweiht ist.

Obwohl bereits 1765 der Plan zum Bau einer Stierkampfarena vorlag, wurde dieses «Heiligtum der Tauromachie» erst 1784 fertiggestellt. Nachdem es dann aber noch im gleichen Jahr zu einem kleineren Einsturz kam, konnte die Eröffnungscorrida mit den Toreros Pedro Romero und «Pepe Hillo» schließ-

lich erst im Mai 1785 stattfinden. Das Innere dieser vom Dichter Villalón als «Arena der kraftstrotzenden Stiere» besungenen Anlage ist ganz in neuklassischem Stil gehalten. Alle 5000 Sitzplätze sind überdacht, wobei sich der Zuschauerbereich auf zwei Stockwerke verteilt, welche jeweils von 68 auf toskanischen Säulen ruhenden Flachbögen gebildet werden. Der ebenfalls neuklassisch gehaltene Haupteingang ist mit barocken Bauelementen untersetzt. Er wird von zwei stilisierten toskanischen Säulen auf hohen Sockeln markiert, die eine in sich geteilte Giebelfront mit einem in Stein gemeißelten königlichen Wappen tragen. Über dem Tor öffnet sich eine breite Loggia mit einem schönen schmiedeeisernen Gitterwerk, das mit den verschiedensten Motiven aus der Welt des Stierkampfes spielt. Über ein anderes, ebenso reizvoll gestaltetes Tor erreicht man den Stallbereich. Der Arena angegliedert ist ferner ein Stierkampfmuseum.

Eng mit Rondas Arena der Real Maestranza verbunden ist der Torero Pedro Romero, der weltweit als eine der größten Figuren in der Geschichte der Tauromachie gilt. 1754 als Sohn einer traditionell der Welt des Stiers zugewandten Familie in Ronda geboren, tötete Romero seinen ersten Stier im Alter von 17 Jahren und war 1776 bereits in ganz Spanien bekannt. Als er sich 1799 aus der Arena zurückzog, hatte er über 5000 Stiere getötet. Kennern zufolge war er es, der den Stierkampf wirklich zur Kunst werden ließ. Er gründete in Ronda eine Stierkampfschule, deren Bedeutung schon bald die

Iglesia de Nuestro Padre Jesús.

der entsprechenden Einrichtung in Sevilla übertreffen sollte. Goya verewigte ihn in seinen bekannten Stierkampfszenen, und der spanische Dichter Moratín widmete ihm eine Ode. Neun Jahre nach seiner Ernennung zum Direktor der Stierkampfschule in Sevilla durch Ferdinand VII. starb Romero im Jahr 1839 in seiner Heimatstadt Ronda.

Zur Feier der zweihundertjährigen Wiederkehr seines Geburtstages begann man 1954 in Ronda mit der Veranstaltung der international bekannten «Corridas goyescas», bei denen die Stierkämpfer und auch ein Teil des Publikums in der zu Zeiten Goyas vorherrschenden Mode gekleidet sind. Diesem glanzvollen Ereignis wohnte 1985 aus Anlaß des zweihundertjährigen Bestehens der Arena von Ronda auch Seine königliche Hoheit Don Juan de Borbón bei, der in seiner Jugend ein «Hermano Mayor» der Real Maestranza war.

Auch im Lauf des 20. Jahrhunderts fanden sich in der Arena von Ronda alle großen Vertreter des Stierkampfs ein. Besonders erwähnt werden sollte in diesem Zusammenhang die in Ronda ansässige Familie Ordóñez. Antonio Ordóñez wurde hier 1951 als Matador zugelassen und war bis 1980 einer der bekanntesten Vertreter der spanischen Tauromachie. Er trat bei 18 «Corridas goyescas» auf und hatte dabei so bekannte Bewunderer wie Orson Welles oder Ernest Hemingway.

Häuser hoch über der Tajo-Schlucht.

Blick auf die Altstadt. ▷

Auf der gegenüberliegenden Seite der Tajo-Schlucht, nicht weit vom Arco de Felipe V entfernt, finden wir ein weiteres architektonisches Schmuckstück der Stadt: den Palacio del Marqués de Salvatierra. Ursprünglich in der Renaissance erbaut, wurden diesem Palast aufgrund eines im 18. Jahrhundert vorgenommenen Umbaus die verschiedensten barocken, neuklassischen und teils auch schon im Kolonialstil gehaltenen Elemente beigegeben. Ganz besonders eindrucksvoll bietet sich dem Besucher bereits der prunkvolle Eingang dar. Im ersten Stock wird das Portal von zwei korinthischen Doppelsäulen flankiert, und auf Höhe der zweiten Etage erscheint ein schmiedeeiserner Balkon mit vier Indianerstatuen, die in amüsanter Postur als Wandpfeiler fungieren. An einer als Dreieck aufragenden Giebelwand schließlich befindet sich das Familienwappen. Der Palast ist zur Besichtigung freigegeben, wobei besonders auf die wertvollen Keramiken, das Mobiliar und die allgemeine Ausstattung der Säle geachtet werden sollte.

Ebenso sehenswert ist auch die Casa del Rey Moro. Hier handelt es sich um ein Adelspalais aus dem 18. Jahrhundert, dessen Name auf eine einen arabischen Prinzen darstellende Kachel an der Fassade zurückgeht. Besonders beeindruckend von außen her ist der große viereckige Turm. In den Innenräumen sieht der Besucher dann eine wertvolle Kunstsammlung. Wunderschön ist auch

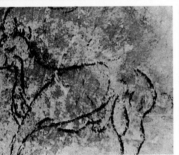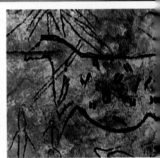

Cueva de la Pileta.

der sich anschließende Garten, in dem sich der Zugang zur sogenannten Mina befindet. Es handelt sich hierbei um einen ehemaligen Quellbrunnen, der Ronda in arabischer Zeit mit Wasser versorgte. Die Anlage stammt aus dem 14. Jahrhundert und ist insgesamt 365 Stufen tief. Neben der Stierkampfarena verläuft die 1806 eingeweihte Alameda-Pro-

menade, an der bis 1824 Rondas Rathaus stand. Durch die sich anschließende Parkanlage, in der unter anderem eine Statue des Stierkämpfers Pedro Romero steht, erreichen wir den Paseo de los Ingleses, einen schönen Spazierweg, der sich am Abhang entlang bis zum Hotel Reina Victoria zieht. Dieses 1906 von Lord Farrington erbaute Hotel beherbergte immer wieder die erlauchtesten Gäste, darunter 1912 auch Rainer Maria Rilke, an den eine im Park aufgestellte Statue erinnert.

Das Barrio del Mercadillo liegt im nördlichsten Bereich der Stadt. Dieses Viertel bildete sich ungefähr ab dem 16. Jahrhundert heraus, verzeichnete dann aber einen ganz besonderen Aufschwung nach dem Bau der Neuen Brücke. Heute ist El Mercadillo zu einem ausgesprochenen Geschäfts- und Einkaufszentrum geworden, und speziell in

der zu jeder Tages- und Nachtzeit so belebten Calle de la Bola - von den Einheimischen auch Carrera Espinel genannt - reiht sich ein Laden an den anderen. Zu finden sind hier besonders auch zahlreiche Geschäfte mit der für Ronda so typischen Handwerksproduktion, darunter Möbel, Schuhe, aber auch Süßwaren und Feinkost. Im unmittelbaren Einzugsbereich der Carrera Espinel, der Stierkampfarena und der Plaza de España befinden sich übrigens auch die besten Lokale, Bars und Restaurants der Stadt, in

Die Cueva del Gato bei Benaoján.

Römisches Theater in Acinipo.

denen der Gast die hervorragende Küche des andalusischen Berglands kosten kann.

Im oberen Bereich des Barrio del Mercadillo erreicht man über die Calle de Santa Cecilia den Templete de la Virgen de los Dolores, ein recht kurios anmutendes Bauwerk aus dem 18. Jahrhundert. Als Säulen fungieren hier diverse Figuren von Erhängten - ein Umstand, der daran erinnert, daß an dieser Stelle vermutlich ein öffentlicher Richtplatz bestand.

Im unteren Bereich des Barrio del Mercadillo kommen wir nach der Alten Brücke in die Calle Real. Hier stoßen wir nach wenigen Metern schon auf eines der bekanntesten Wahrzeichen von Ronda: die Fuente de los Ocho Caños. Dieser originelle Brunnenbau mit einem eingemei-ßelte Stadtwappen stammt aus dem 18. Jahrhundert und ist auf der einen Seite mit acht Rohren (daher sein Name) und auf der anderen Seite mit einer Tränke für Reit- und Zugtiere ausgestattet.

Gleich gegenüber erhebt sich die Iglesia del Padre Jesús, in der sich eine von den Gläubigen innbrünstig verehrte Christusdarstellung befin-det. Das Hauptwerk dieser im 16. Jahrhundert begonnenen Kirche steht im wesentlichen im Zeichen der Gotik. Hinter einem Gitterzaun erreicht man das von einem Spitz-bogen mit verschiedenen Archi-volten umschlossene Hauptportal, über dem die Fassade nach einem kreisförmigen Glasfenster in einen beeindruckenden Glockenturm übergeht, der bereits Züge der frühen Renaissance zeigt. Der Innenraum ist dreischiffig und weist eine gotischen Kassettendecke auf. Weitere sehenswerte Gebäude dieses Stadtteils sind der Convento de la Madre de Dios, die ehemalige Posada de las Animas, eine Herberge, in der unter anderem einst auch Cervantes nächtigte, und die Iglesia de Santa Cecilia.

Auch das Barrio de la Ciudad hat, über die bereits beschriebenen Baudenkmäler hinaus, noch mit anderen interessanten Überraschungen aufzuwarten. Einen Besuch verdient so ferner die Casa del Gigante, ein nasridischer Bau aus dem 14. Jahrhundert, der vor allem aufgrund seiner eigentümlichen Dekorationselemente unsere Aufmerksamkeit verdient. Ebenso interessant ist der Convento de Santo Domingo gleich bei der Neuen Brücke. Diese Klosteranlage entstand in der Zeit der katholischen Könige und ist mit einem wunderschönen gotisch-isabellinischen Portal ausgestattet.

Unser Streifzug durch die Stadt Ronda endet im Barrio de San Francisco. Als ehemaliges Bauerndorf bildete sich dieses im südlichen Teil der Stadt gelegene Viertel im 16. Jahrhundert heraus und breitete sich dann bis an die Puerta de Almocábar aus. Sehenswert sind hier die gleich bei der Alameda de San Francisco gelegene Capilla de Nuestra Señora de Gracia und, etwas weiter entfernt, der 1485 begonnene Convento de San Francisco. Außerordentlich interessant ist hier vor allem das Tor der Klosterkirche, das sich unter einem von seiner bewegten Formgebung her nahezu einmaligen Steinbogen im Plateresk-Stil auftut.

Ruinen des römischen Theaters in Acinipo.

DAS BERGLAND VON RONDA

Das Bergland von Ronda umfaßt Gemeinden der Provinzen Málaga, Cádiz und Sevilla. Als Serranía de Ronda gliedert es sich in den westlichen Abschnitt der Cordillera Penibética ein und unterteilt sich aufgrund seiner Weitläufigkeit wiederum in eine ganze Reihe von kleineren Bergzügen und Landschaften. Die Sierra de Líbar und die Sierra de Grazalema befinden sich so westlich von Ronda, Las Cumbres im Norden, Los Merinos und Las Nieves im Osten, und Perdiguera und Cartajima im Süden der Stadt. Höchste Erhebung dieses Berglands ist der Torrecilla-Gipfel, der es auf knapp 2000 Meter bringt.

Die Vegetation dieser Gegend ist

außerordentlich üppig und abwechslungsreich. Als typischer Vertreter der einheimischen Flora mag die spanische Edeltanne *(Abies pinsapo)* gelten, während es bei der Tierwelt wohl der spanische Steinbock ist.

Das Bergland als solches ist derart regenreich, daß in der benachbarten Sierra de Grazalema die höchsten Niederschlagswerte Spaniens gemessen werden. Dieser Wasserreichtum äußert sich andererseits in einer Vielzahl von kleineren und größeren Wasserläufen, unter denen der Guadiaro und seine Nebenflüsse Guadalevín und Genal wohl die bedeutendsten sind. Der Guadalevín

entspringt in der Sierra de las Nieves, nimmt kurz vor Ronda das Wasser des Toma und des Arroyo de las Culebras oder Río Chico in sich auf und durchquert die Stadt dann längs der Talsohle der Tajo-Schlucht.

Das Klima in und um Ronda zeichnet sich durch seine extremen Temperaturwerte und somit durch heiße Sommer und kalte Winter aus. Von der andalusischen Regionalregierung wurden fünf Ausflugsrouten zur Erschließung von Rondas Umland erarbeitet: die Ruta del Genal, die Ruta de los Castañares, die Ruta de las Cuevas, die Ruta Monumental und die Ruta de la Sierra

Jahrhundertealte spanische Edeltannen geben den Blick frei auf die Cañada del Cuervo.

Spanische Edeltannen streben schlank dem Himmel entgegen.

de las Nieves. Letztere führt durch das östlich von Ronda gelegene Naturschutzgebiet der Sierra de las Nieves, das mit insgesamt 2000 ha Tannenwald aufwarten kann. Dies ist umso beachtlicher, als die hochwüchsige, tiefgrüne spanische Edeltanne außerhalb des Berglands von Ronda nur noch im Ural und im Hohen Atlas in Marokko zu finden ist. Sie bevorzugt schattige Berghänge auf einer Höhe zwischen 1000 und 1800 Metern und braucht relativ viel Feuchtigkeit. Im Naturschutzgebiet der Sierra de las Nieves befindet sich ferner die drittiefste Höhle der Welt, der die Wissenschaftler die Bezeichnung G.E.S.M. gegeben haben.

EIN KURZER HISTORISCHER ABRISS

In Rondas unmittelbarer Umgebung wurden vorgeschichtliche Fundstätten von größter wissenschaftlicher Bedeutung erschlossen. Ganz besonders interessant sind hierbei die alt- und neusteinzeitlichen Kulturen der Cueva de la Pileta und der Cueva del Gato, wobei letztere allerdings heute in speläologischer Hinsicht ergiebiger ist.

Die Pileta-Höhle wurde 1905 entdeckt und ab 1911 von Vernet und Breuil wissenschaftlich erforscht. Sie ist 23 km von Ronda und 4 km von Benaoján entfernt und liegt auf einer

Verzierte Keramikteile, Spachteln, aus Tierknochen hergestelltes Werkzeug, ein kleines Idol, Fragmente eines Steinarmbands und einer Halskette sowie verschiedene Steinäxte.

Höhe von 700 Metern. Glanzstücke der Höhle sind zweifellos die dort erhaltenen Felsmalereien; es wurden jedoch auch Funde aus der Alt- und Neusteinzeit sowie aus der Bronzezeit gemacht, deren Alter sich teilweise bis auf 25.000 Jahre beläuft. Die Besichtigung der Höhle beginnt im sogenannten Saal der Fledermäuse (Sala de los Murciélagos), dessen Wände mit kammförmigen Motiven ausgestattet sind. Durch den Mittleren Saal (Sala Central) mit roten Felsbildern aus dem Aurignacien erreicht man dann den großen Salon (Sala del Salón), dessen bildhafte Ausgestaltung wohl am beeindruckendsten sein dürfte. Unter anderem finden sich hier Darstellungen von Hirschen, Elchen, Pferden und anderen Tieren. Im sogenannten Heiligtum (Santuario) erkennen wir Ziegen, Kühe, Pferde, verschiedene menschliche Figuren und eine trächtige Stute. Und im letzten Abschnitt der Besichtigung stoßen wir schließlich auf die Darstellung eines Fisches, der dem Saal als solchem seinen Namen gab (Sala del Pez).

Auch die Kupferzeit hat in der Umgebung von Ronda ihre Spuren hinterlassen; diesbezüglich sei auf eine Reihe von Dolmen verwiesen (Dolmen del Cortijo del Chopo, Dolmen del Gigante, Dolmen de los Arenosos, Dolmen de Encinas Borrachas), die hier ungefähr 3000 Jahre vor unserer Zeitrechnung aufgestellt wurden. Die Eisenzeit fällt in Spanien mit der Niederlassung keltischer Volksstämme zusammen (5. vorchristliches Jahrhundert), die hier auf die einheimische Bevölkerung der Ibero-Tartesser und die Kolonisatoren des Mittelmeers (Phönizier, Griechen und Karthager) stießen. Die Gründung der Stadt Arunda geht so vermutlich auf die Kelten, die des benachbarten Acinipo auf die Iberer zurück. Auf diesen Schmelztiegel der verschiedensten Zivilisationen trafen dann die Römer, die sich im 3. und 2. vorchristlichen Jahrhundert auf der iberischen Halbinsel und so auch in Arunda und Acinipo niederließen.

Historischen Aufzeichnungen zufolge erbauten die Römer ihr Castillo del Laurel in Arunda 122 v. Chr. auf den Resten einer früheren keltischen Festung, wodurch nun auch der Ort den lateinischen Namen Laurus erhielt. Dieses römische Kastell lag einst zwischen der heutigen Plaza de la Duquesa de Parcent und der Puerta de Almocábar. Im Lauf der Zeit wurde es dann von den Arabern und nach diesen von den christlichen Truppen übernommen, und erst 1812 kam es zu seiner endgültigen Zerstörung. Julius Cäsar verlieh dem damaligen Laurus die Stadtrechte. Gewisse Anzeichen lassen darauf schließen, daß in jener Zeit bereits eine Brücke über die Tajo-Schlucht (die heutige Arabische Brücke) sowie ein Aquädukt und ein römischer Tempel existierten. Archäologische Ausgrabungen haben unter anderem zwei heute im Rathaus aufgestellte Statuen, Münzen, Grabsteine und diverse Inschriften zu Tage gefördert. Die Tatsache, daß die Funde in Arunda viel ergiebiger waren als im damals weitaus

Pfeilspitzen, ein Phallus, Fibeln und andere Bronzeteile sowie Fragmente einer verzierten Tonvase.

Keramikteile aus arabischer Zeit.

bedeutenderen Acinipo, ist darauf zurückzuführen, daß Arunda sich als Stadt bis heute halten konnte, Acinipo jedoch mit dem römischen Reich nach und nach unterging.

Acinipo, eine der wichtigsten Fundstellen römischer Kultur in Spanien, befindet sich 19 km nördlich von Ronda. Auf einer Höhe von 980 Metern über dem Meer gelegen, bietet es einen wunderschönen Ausblick auf die umliegende Landschaft. Sein Name bedeutet soviel wie «Land des Weines». Als römische Stadt erlangte es große Bedeutung und besaß sogar das Recht, eigene Münzen zu prägen. Beredtes Zeugnis vom einstigen Wohlstand legen noch heute das beeindruckende Theater und die sich hieran anschließenden Bauwerke ab. Gerade dieses relativ gut erhaltene Theater ist es, was Acinipo heute neben anderen Ausgrabungen so interessant macht.

Beide Städte wurden Opfer der germanischen Einfälle, gerieten später unter byzantinischen Machteinfluß und wurden kurz vor ihrer Eroberung durch die Araber dem spanischen Westgotenreich eingeordnet. In dieser Zeit erhielt das römische Laurus den neuen Namen Unda, und Acinipo mußte vom 5. bis zum 7. Jahrhundert seinen endgültigen Verfall hinnehmen.

Im Jahr 711 beginnt die Invasion der Araber, und Ronda wird im August des gleichen Jahres von Zayde Ibn Kesadi eingenommen. Wieder ändert sich sein Name: der Ort heißt nun Izn-Rand Onda.

Auf dem Landgut Parauta wurde im 9. Jahrhundert Omar Ibn Hafsun geboren. Er schuf einen unabhängigen Staat, zu dessen Hauptstadt er das benachbarte Bobastro (Ardales) machte. Dieser Aufstand wird im 10. Jahrhundert von 'Abd ar-Rahmán III. niedergeschlagen, in einer Zeit, in der Ronda als Provinzhauptstadt eine große Blütezeit erlebt. Im folgenden Jahrhundert entwickelt sich

Verschiedene in Acinipo, Malaka und Carteya geprägte Münzen; römische Quinare und Denare; diverse arabische Münzen; Sesterzen aus der Zeit des römischen Reichs.

Ronda zur Hauptstadt eines unabhängigen Königreichs unter der Dynastie der Banu Ifran, bis es dann im weiteren zur Taifa von Sevilla kommt.

Im Jahr 1232 entsteht das Königreich Granada, in das sich bald schon auch Ronda eingegliedert sieht. Nachdem der Druck der kastilischen Krone immer stärker wird, tritt Mohammed II. von Granada die Gebiete um Ronda und Gibraltar an den marokkanischen Sultan Abu'l Hassan ab, wobei Ronda unter die Herrschaft dessen Sohns Abomelik fällt. Bis zur seiner Eroberung durch die christlichen Truppen wechselt Ronda so noch etliche Male zwischen Granada und Marokko hin und her.

Rondas Eroberung durch die christlichen Truppen fällt auf den 24. Mai 1485. Gouverneur der Stadt war damals Hamet el Zegri. Die Belagerung zog sich über zehn Tage hin, und Ronda war damals einer der ersten Orte, bei dem die Kastilianer auch schon ihre Artillerie einsetzten. 1499 kommt es bei der maurischen Bevölkerung des ehemaligen Königreichs Granada zu einem Aufstand gegen die christliche Verwaltung, so daß sich Ferdinand der Katholische dazu gezwungen sieht, persönlich in Ronda vorstellig zu werden. Das Morisken-Problem jedoch sollte noch während des gesamten 16. Jahrhunderts und hierbei speziell im umgebenden Bergland eine Herausforderung an die christlichen Herrscher bleiben.

Bis zum 18. Jahrhundert erlebt Ronda eine gewisse Dekadenz, die dann jedoch auf allen Gebieten schnell überwunden wird: die Bevölkerung wächst, Wirtschaft und Kunst florieren und überall wird wieder gebaut. Dieser neue Aufstieg erlahmt dann jedoch ein weiteres Mal als Folge der französische Invasion und des nachfolgenden Unabhängigkeitskriegs. Die Franzosen nehmen Ronda im Februar 1810 in Besitz, und unbequemer Gast der Stadt wird kein geringerer als José I. Bonaparte. Im August 1812 müssen die Invasoren dem spanischen Ansturm weichen, zerstören dabei jedoch auf ihrer Flucht die gesamte Festung.

Im Lauf des 19. und zu Beginn des 20. Jahrhunderts steht Ronda ganz im Zeichen des Banditenwesens. Im umliegenden Bergland bildet sich diesbezüglich ein bleibender Kern heraus, der so bekannte Persönlichkeiten wie etwa José María «El Tempranillo» hervorbringt.

«Baile rondeño» in der
Stierkampfarena.

FESTE, FOLKLORE, HAND-
WERK UND GASTRONOMIE

Rondas Festkalender ist außerordentlich bunt und abwechslungsreich. Mit nahezu rückhaltloser Hingabe wird die Karwoche gefeiert, bei der die verschiedenen Bruderschaften die von der Bevölkerung inbrünstig verehrten Heiligenbilder - darunter etliche von großem künstlerischen Wert - durch Rondas Straßen tragen. Seit dem 16. Jahrhundert kommt es ferner zum großen Mai-Fest, der Feria de Mayo. Diese Veranstaltung, die ihren Ursprüngen nach auf einen einfachen Viehmarkt zurückgeht, wird heute vom 20. bis zum 23. Mai ausgetragen und fällt so mit dem Tag der Eroberung der Stadt durch die christlichen Truppen zusammen.

Anfang September findet alljährlich die Feria de Pedro Romero statt. Es ist das einzige Fest der Welt, das zu Ehren eines Stierkämpfers veranstaltet wird. Zum ersten Mal ausgetragen wurde es im Jahr 1954 aus Anlaß der zweihundertjährigen Wiederkehr des Geburtstages dieses großen Sohns der Stadt, und bis heute ist seine Hauptattraktion die berühmte «Corrida goyesca» geblieben. Neben Stierkämpfen zu Fuß und zu Pferd gehören aber auch Fahrkunstwettbewerbe und Ausstellungen, Chor- und Tanzveranstaltungen und ein vielbesuchter Viehmarkt zum Programm. Das kulturelle Angebot wird abgerundet von einem alljährlich im August veranstalteten Flamenco-Festival, einer Folklore-Veranstaltung im September und einer Woche des wissenschaftlichen Films im Herbst.

Typisch für Rondas Folklore ist die «Rondeña», ein dem Fandango nahestehender Tanz. Gerade beim Flamenco hat die Stadt bedeutende Künstler hervorgebracht. Erinnert sei diesbezüglich nur an Cristóbal Polo «El Tobalo», an Aniya «La Gitana» aus der Familie von Carmen Amaya, die eine der größten «Cantaoras» und «Bailaoras» der zweiten Hälfte des 19. Jahrhunderts war, oder an die Schwestern Aguilar aus den ersten Jahren unseres Jahrhunderts. Auch das örtliche Handwerk steht in hohem Ansehen und ist weit über die Grenzen der Provinz hinaus bekannt. Speziell die Herstellung von Möbel, die Verarbeitung von Leder und hier besonders die Schusterei sowie die verschiedenen Kunstschmiedearbeiten sind diesbezüglich an erster Stelle zu nennen. Weitere wichtige Handwerkszweige sind die Kunsttischlerei, die Verarbeitung von Spartagras und Weide, die Sattlerei, die Saumsattlerei, die Keramik und die Herstellung von Pferdegeschirren. Besonders der Fremdenverkehr, ferner aber auch Rondas Stellung als ausgesprochenes Geschäftszentrum der Gegend haben nicht unwesentlich zu dieser wirtschaftlichen Vielfalt beigetragen. Bei der örtlichen Gastronomie fließen in eine typisch andalusische Küche die vielfältigsten Einflüsse aus der Gegend um Málaga und der nahen Küste, aber auch aus dem umliegenden Bergland ein. Hoch geschätzt werden so die verschiedenen hier hergestellten Wurstsorten, besonders der Chorizo und die Morcilla. Typische Gerichte des Ortes sind die Migas, der Gazpacho, die Gachas, der Salmorejo, die Maimones, die Essig-Suppe und der Spanferkelbraten. Ganz besonders verwöhnt sieht sich der Besucher jedoch bei einem Chivo con castañas, einer Caldereta de cabrito, bei Stierschwanzragout, Olla de berza oder Buñulos de ajetes. Bei den Süßspeisen sind es dann die Pestiños, Orejones, Roscos de vino und vor allem die Yemas del Tajo, die Einheimischen die Fremden den Mund wäßrig machen.

Drei Beispiele der
traditionellen
Sattlerkunst.

INHALT

Der Druck dieses Buches wurde in den
Werkstätten der
FISA - ESCUDO DE ORO, S.A.
Palaudarias, 26 - Barcelona (Spanien)
vorgenommen